KB178091

봄은 너에게서 온다

봄은 너에게서 온다

명상학교 수선재 시선집

발행 2018년 12월 22일 | 글쓴이 김영호, 김대만, 신해순, 제지원, 탁은지 외
펴낸곳 수선재북스협동조합 | 펴낸이 김부연 | 기획 양임정, 김혜정
편집팀 나은희 | e콘텐츠팀 김대만 | 디자인 김지영

출판등록 2017년 8월 9일(제25100-2017-000010호)
주소 인천광역시 계양구 장군봉길 40, 5층 503호
대표전화 070-4045-9454 팩스 02-6918-6789
홈페이지 www.ssjbooks.com | 이메일 ssjbooks@gmail.com

ISBN 979-11-86725-25-2

이 도서의 국립중앙도서관 출판예정도서목록(CIP)은 서지정보유통지원시스템 홈페이지(http://seoji.nl.go.kr)와 국가자료종합목록시스템(http://www.nl.go.kr/kolisnet)에서 이용하실 수 있습니다. (CIP제어번호 : CIP2018038500)

고요하게 숨을 고르며
내면을 따라 여행을 하다 보면
오랫동안 찾지 않아 외로워하던
나를 만나게 됩니다.

그 여정에서 많은 감정이
또르르 이슬처럼 아름다운
시어로 맺히기도 합니다.

본 시집은
명상학교 수선재 회원들이
자신을 향한 여정에서
쏟아냈던 감상들을 모아
한 권의 책으로 엮었습니다.

2018년 12월
명상학교 수선재

|차례|

나무처럼 사랑하고 싶다 II

III 나는 아픔 속에서 영글고 있었구나

IV

I

그대와 걸으니
꽃길이었네

개화

신해순

찬바람 두려워
안으로만 감추인 그 마음
봄 햇살 간지럼에 살며시
마음을 열었네

모래

김영호

많은 세월 지나 여기에 있다
그 풍상 어찌 다 말할 수 있으랴
모나고 거친 부분 둥글게 되니
오늘 봄비에 젖어 더욱 부드럽다

봄은 너에게서부터 왔다

최현정

봄이 좋다 했지
여린 잎이
보드라운 바람이
처녀의 분홍빛 웃음이

봄은 여름에도 있고
가을에도 있고 심지어 겨울에도 있다

너에게도 있고
나에게도 있고 모든 것에 있다

하지만 그 모든 시작은 그대에게서부터 왔다
봄을 볼 줄 아는 너의 심장에서

더운 여름날 끓어오르는 아스팔트 위에서
신기루처럼
봄을 보던 너를 떠올린다

나에게 봄을 다오
나의 황량함을, 눅진한 욕망을 가져가다오

봄은 그대에게서부터 왔으니
나는 울며 웃으며 춤추며
너를 기다린다

봄바람 봄바람

제지원

봄바람 봄바람
여기저기 만물의 들뜬 가슴이
웅크린 몸 밖으로 설레임을 틔워 보내는

문득 내 마음 두드리는
은은한 향기에 눈을 뜨니
님 발끝 맴돌던 봄바람이어라

님의 발걸음 소리에
밀려온 봄바람은 어느새
님 오실 길 밝히는 등불이 되고
살풋 웃음 짓는 손짓이 되고

만물은 그림처럼 숨죽인 채
기다림으로 목을 빼꼼 내미는데

어느 순간
그 어느 순간

가슴 뭉클함에 환희의 눈물이
여린 두 볼을 적시고 가만히
떨리는 두 손을 모아 조용히
감사합니다 감사합니다

사랑하는 이의 존재는
그를 사랑하는 것보다 축복이어라

사랑하기 이전에
내 존재까지 님께 드리고
존재하지 않음으로 사랑하리니
지나가는 미소라도 한 모금 주소서

아! 이토록 설레는
봄바람 봄바람

꽃길이었네

김대만

거친 돌 가득
흙길을
그대와 걸으니

안 보이던
들꽃이 보입니다

참 예쁜
꽃길이 되었습니다

그냥... 사랑

탁은지

사랑이라는 것이 거창한 것인 줄 알았지요
사랑이라는 것이 어려운 것인 줄 알았지요
사랑이라는 것이 쉬운 것인 줄 알았지요
그래요
그래요
사랑은 거창하지요
사랑은 어렵지요
그리고 사랑은 쉽기도 하지요

사랑이 멀리 있는 줄 알았지요
사랑이 가까이 있는 줄 몰랐지요
사랑이 내 안에 있는 걸 알아 갑니다

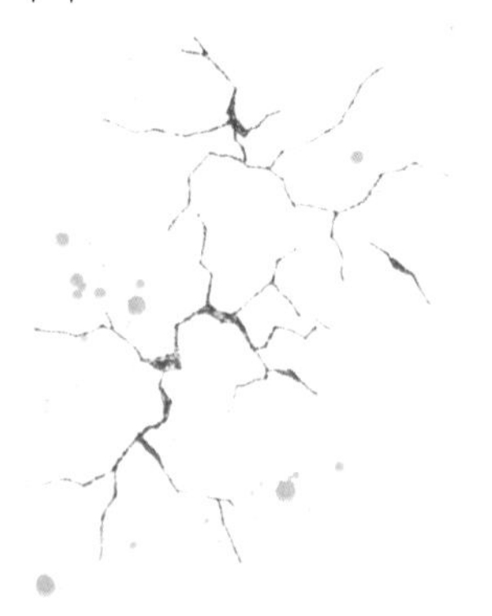

그런데 어쩌나요
내 안에 있는데
이 안에 있는데
풀어 낼 줄을 모르는걸요
어쩌나요
어쩌나요

어쩌다 보이는 실 끝 한 자락
무심히 잡아당기니
실 자락을 타고
사랑이 풀려나오네요
함께 웃었던 사랑
함께 울었던 사랑
함께 나눴던 사랑들이 줄줄이 달려 나오네요
내 안에 사랑 열매가 가득하다는 걸 모르고 살았었네

설레임

신해순

새봄
갖가지 씨앗들 속삭임에
삽질 괭이질로
이랑 고랑 만드니
갈 곳 잃은 돌들의 방황

줄 세워
이랑에 얹어주니
집 찾은
돌들의 설레임

흙들의 노래 속에
내 가슴에 피어나는
장미 한 송이

아하!

창조란

자기 자리를 찾아주는 일

내 마음속

장미꽃이 피어나는 일

목련에 묻다

윤창일

이 짧은 봄날을 잘게 썰어 우르르 피었다가
우수수 떨어져 금세 흙빛으로 돌아갈 것을
그대, 무엇 하러 피어나 아쉬움만 더하나요

당신은 무엇 하러 이 덧없는 삶을 살다 가나요
어찌 꽃이 목련의 전부일 리 있겠어요
하지만 꽃이라도 없으면 당신, 무척 심심할 거예요

아, 봄날을 더 잘게 썰어도 좋으니
아침에 피었다가 저녁에 떨어져도 좋으니
그대, 그저 어여쁘기만 하세요

쑥국

김정호

선악이 혼재된 세상에 산 지 오래
좋은 이름도 얻고 나쁜 이름도 들어 보았네
아직도 그 여운이 이 몸을 흔드는구나

얼마 전에는 쌀쌀한 바람이 옷깃을 여미게 하고
며칠 전에는 색색의 매실 꽃잎이 바람을 타고
오늘은 잔잔한 바람 아래서 쑥을 뜯는다

냄비에 물과 다듬은 쑥을 넣고 된장을 푼다
싱싱한 쑥 향기가 작은 집을 채우는데
한스럽구나, 그리운 님과 쑥 한 그릇 나누지 못함이

태초에 내가 거기 있었다

장선 오재희 최양이 (공동작)

속이 허하다
내면으로 한 발씩 걸어 들어가 본다
태초에 내가 거기에 있었다

마음이 모여든다
나는 늘 나와 함께 있었다
사물을 보고 듣고 느낄 때마다 움직이는
감정과 틀을 바라본다

지금 이 에너지의 흐름에 자신을 맡긴다
익숙한 그곳, 그 자리
겨우내 잠자던 나, 봄에 깨우다

6월의 어느 날

김정호

자그마한 낚시 의자에 앉아
정다운 이 생각하며
전지가위로 토종 마늘 대를 자른다

옆에는 강아지 블랙
심심한지
주인을 따라 하는지
열심히 마늘 대를 씹는다

신선한 바람과 맑은 고홍 하늘
그리운 이 향한 작은 선물
고마운 마음이 절로 절로 솟는구나

나무처럼 사랑하고 싶다 II

청매실 향기

김대만

알알이 덜 익어
파란 매실
아무런 향기가 없더니만

한 바구니
따 담으니
어느새 은은하게
퍼져 나온다

청매실 향기

여름 밤

제지원

은하수 쏘아 올리는 매미 소리
여름밤을 곱게 깎는 귀뚜라미 소리
눈동자 가득 수놓은 별 그림자에
들뜬 가슴 하나 반딧불 되어 날으면
날파리도 모기도 춤추는 별이 된다

세상에 하찮은 것이 무엇이랴
무심코 입가 맴돈 노랫소리에
초승달 호붓이 눈웃음 흘리면
여름밤은 채우지 않아도 가득하다

신불 숲길에서

이미연

6월의 숲
봄꽃은 하얗게 지고
나무는 푸르네

오래도록 바라보니
어느새 나는 없네

늘 그 자리에,
말이 필요 없어라

12년 전 그날보다
고요한 나

감사한 마음이

햇살처럼 쏟아지네

앞날 12년은

나무처럼 사랑하고 싶어라

자조

김영호

다섯 수레의 책을 읽고
저술이 등신대라 한들
자신을 밝히지 못했다면
어찌 깨달았다 하겠는가

• 자조自嘲: 자기를 비웃음
• 등신대等身大: 자기 키와 같은 크기
• 자심自心: 자기, 자신의 마음

조용규

산허리 돌고 돌아 여행 나선 시냇물은
큰 들판 즐겨 찾아 황금들녘 약속하네
볍씨 한 알 소중하다 농부 마음 하늘 마음
열심히 가꾸어서 그대에게 돌려주리

마음 한 자락

탁은지

마음 한 자락
춤추는 마음 한 자락
이쪽저쪽
여기저기
갈 곳 몰라 춤을 추네

마음 한 자락
춤추는 마음 한 자락
지금 여기
바로 여기
날아올라 춤을 추네

먼 산처럼

유건영 김재택 백호현 (공동작)

가엽게 걸어가고 있는 고라니
소리 움직임 그리고 고요함
태초에 시작된 나의 숨과 만났다

너의 걸음 하나가 무수한 동작의 조합
나의 동작이 어제의 접시처럼
동떨어짐을 느끼네

나의 숨결을 느끼며 한 발자국 나가고
먼 산을 보았다

내가 소리를 듣는 것인지
소리가 있는 것인지
한 마리 새가 되어 날아 본 세상은 아름답다

계단 없는 숲길, 너나들이 길에서

이미연

곧은 나무에게
굳은 의지를 느끼네

쓰러져도 자라는 나무에게
삶에 대한 사랑을 배우네

죽은 나무에게
삶의 소중함을 느끼네

하늘에 두 팔 벌린 나무에게
맡기는 마음을 배우네

마음의 짐 내려놓고
당신과 춤추니

모두가 배움이지
즐거움을 나누네

김대만

땅에 뿌리를 내리면
이내 시들어 버리는

저 푸른 하늘에
뿌리 내려야
비로소
화알짝 피어나는

바람꽃

나는 이불 속에서 앓고 있었다 III

풀 타는 냄새

제지원

쌉쓸한 향긋함
코끝을 맴돌기에
가을 햇볕 올려다보니
파란 하늘 자욱이
풀 타는 냄새

어린 방황 끝에
가까스로 돌아와
거친 얼굴로 타닥타닥
삶 되짚어보는
발자국 소리

버려진 운동장
등성듬성 불 피우는
아련한 자리 자리
갈퀴질 따라 늘어진
지푸라기 타들어 가고

영겁의 하얀 껍질
남긴 채 날아가는
목숨 목숨 속 땀 닦는
이름 모를 이의 등은
무심히도 젖어간다

문득 연기에 취해
나를 태워본다
이 내 여린 백골
서서히 타들어 가는
내음을 그려본다

아로새겨진 상처
긴 긴 외로움마다
배어나는 향긋함
영롱히 울리는 영혼
하얗게 남은 환희

아! 나는 아픔 속에

영글어가고 있구나

막내아우를 보내며

윤창일

어리석고 어리석은 시절
인생을 좀 아는 척 건방을 떨었네

막내아우 앞세우고 나니
자식 앞세운 부모 심정 이제야 조금 알겠어라

새털 같은 남은 인생길
무슨 일을 겪을지 어찌 알리오

온갖 풍상에도 꿋꿋한
저 머리 허연 노송 앞에 머리 조아릴 뿐

텃밭으로 갔습니다

김대만

마음의 군더더기
어찌할 바를 몰라
텃밭으로 갔습니다

메마르고 굳은 땅이
내 마음이려니
곡괭이질을 해 봅니다

어느덧
한낮의 익어버린 햇살은
금세 땀으로
비를 만들어 냅니다

흐르는 땀방울에

마음의 군더더기가

쓸려 내려갈 수 있으면

좋으련만 하는 생각에

곡괭이질을 멈추지 않았습니다

하늘바라기

김정훈

철부지 어린 마음으로
하늘을 바라보다

홀로 숨을 쉬었어
맑고 맑은 숨을

서러움과 그리움에
하늘을 바라보다

외로이 숨을 쉬었어
맑고 맑은 숨을

닿고 싶어
저 하늘에

알고 싶어
사랑스러운 내 모습

가벼운 마음으로 숨을 쉬었어
맑고 맑은 숨을

단풍노래

제지원

한겨울 파리한 나뭇가지
차마 놓지 못해 붙들고 있던 단풍
미련하단 세상의 웃음 뒤로 한 채
빛바랜 손가락 오므리며 가벼이
흔들리는 음표 되었네

날카롭게 할퀴던 겨울바람 어느새
가지런히 잎사귀 간질대는 오선지 되고
흘깃 올려다보는 사람들 귓가로
은은한 노랫소리 퍼지는구나

차디찬 사람들 속 휘휘 가던
나그네 마음 무심코 나뭇가지에 걸린 뒤
그리움 살랑이며 떠날 줄을 모르네

술회

김영호

수련을 마치고
옛글을 대한다
할 일은 많은데
막걸린 어쩐담

· 술회 : 감회를 읊음

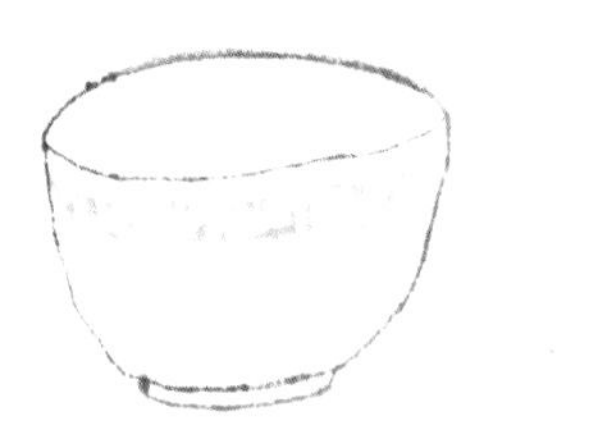

자존심, 자존감

박은진

자존감이 바닥에 뒹구니
자존심으로 살아야 했다

왜곡된 사랑이지만
자존심으로 삶을 견뎠다
폭우가 쏟아지는 강을
자존심이라는 엉성한 나룻배가
그래도 건너 주었다

이제 나룻배는 버리고
자존감이라는 새 신을 신고 폴짝
사뿐사뿐 춤추며
꽃밭으로 간다

향기가 난다

꽃밭이 가까이 있다

꽃길

진자연 이영술 이미연 (공동작)

잔잔한 물에 떠 있는
꽃잎처럼 가벼이 고요했네

꽃은 꽃
풀은 그냥 그대로일 뿐
꽃길 위를 걷는 느낌은 아름답다

빈 마음 빈 걸음으로
이 길을 가고 싶네

꽃을 본다
바람을 느껴본다
길 위의 나

오늘도 이 길을 편안히 걷는다

밤, 기차 풍경

김대만

밤,
집으로 가는 기차 안에서
비스듬히 창밖을 본다

사람 사는 곳은
어둠이 가리고
불빛들만
'여기가 사람 사는 곳이오'
라고 속삭인다

밤하늘의 별들도
'여기 누군가 사는 곳이오'라고
속삭이고 있는 것 같다

별들의 노래

김미애

밤하늘 별들이 반짝이면
내 마음의 별도 화음 맞추지

저 하늘의 별과
내 마음의 별이 함께 노래하면
나 날개옷 입고 하늘을 날고파

별들의 노래
금빛 가루 되어 들판에 뿌려지고
풀들은 또 노래로 화답해
하늘과 땅은 온통 별들의 노래로 물들지

하늘을 날고 싶어
저 별들 사이로

새들과 노래하며
저 별이 되고 싶어

시공을 항해 중

이은영

지금 내 손에는 지우개
과거의 흔적을 지우기 위해서이지

뚜 뚜
우주선이 항해를 시작하네

금빛 가루 기운 속에
우리 몸과 마음은 정화되고 텅 비워지네

한 호흡 한 호흡
심해 속으로 여행을 떠나네

마음 따뜻한 우주선 선장님
서로를 위하는 우리들

깊이 나아가 닿은 종착지
그리운 어머니의 품이었네

마법의 거울

박우진 구주서 김상희 (공동작)

먼 산을 바라보며 길을 걸으매
바람결에 스쳐오는 나를 부르는 소리
들릴 듯, 말 듯
따뜻한 바람이 불어 시원해진다
움직이는 나와 그런 나를 고요히 바라보는 나
내 안으로 터져 나오는 기쁨, 감사 그리고 행복
저절로 흥에 겨워 노래 부르네
그리워하던 그대 늘 곁에 있으며
원하는 것 다 보여주는 마법의 거울
흐르는 대로 살리, 무엇이 더 필요한가
바람이 분다
그 속에 녹아든다

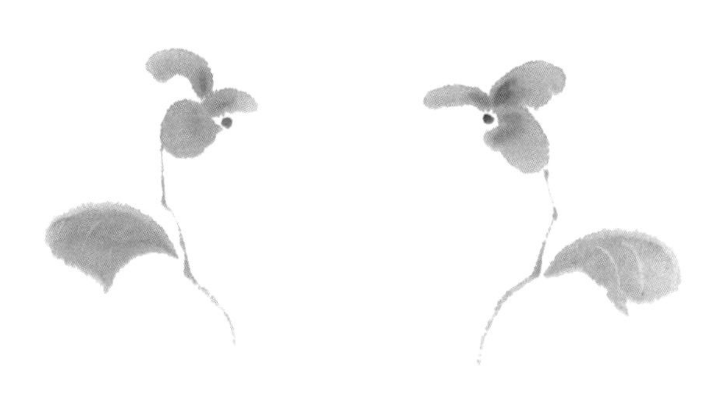

나는 누구인지

최양이

이곳이 어드멘가
아무리 둘러봐도 알 수가 없네

지척지척 살아온 나의 세월은
아무리 생각해도 생각이 나지 않고
아무리 잡으려도 잡히지 않네

내가 무얼 하였고
무슨 생각을 했는지
내가 누굴 좋아하였고
무얼 슬퍼하였는지

잘려나간 영화의 한 장면처럼
햇살에 지워져 가는 사진 속 주인공처럼
그렇게 내 삶은
동강 나고 희미해져 버렸다

나는 누구이며
내가 걸어온 길은 어디 있는가
그 길 속의 웃고 울던 나는 어디론가 사라지고

영겁의 세월을 뛰어넘은
자유로운 영혼
그 눈동자만이 살아있을 뿐

가야 한다 가야 한다
이제는 가야 한다

들꽃 나비 춤추는 곳
내가 살던 고향으로
가다가다 못 가면 백골이라도 가야 하리라

나에게 미안하다

김혜영

나는 나를 모른 척했다
무기력한 내 민낯이 밉고
불안으로 가득한 마음을
인정하고 싶지 않아서

걱정거리 하나 없는 나로
뭐든 척척 해결하는 나로
남에게도, 나에게도
그렇게 보이고 싶었다

그러다 정말 힘들 때
엉엉 울어버리고 싶을 때도
혼잣말로도 말하기 어렵게 되어버렸다

나는 왜 이렇게 솔직하지 못할까
나도 못 해낼 때가 있고 힘들 때가 있는데
왜 인정하질 못할까
왜 그럴까

그건, 바보 같은 자존심
자존심 때문

다른 사람 시선만 생각하다
정작 내 마음 힘든 건 모른 척했었다

처음으로 나에게 말하고 싶다
그 무거운 자존심은 그만 내려놓아도 돼

그동안 정말 미안했다고
내가 세상에서 가장 사랑한다고

숨 쉬는 나에게 고맙다 IV

커피

최경아

인생의 쓴맛은 싫다면서
커피의 쓴맛은 좋다더라

인생의 뒤안길은 모르면서
커피의 씁쓸함은 풍미風味란다

고달픈 인생 달래는 건
쓰디쓴 커피 한 잔

밝은 웃음 각설탕 삼아
내 인생 휘휘 저어 볼까나

그저 그런 것

박제영

나뭇잎을 잘라 문 일개미 행렬
의기양양 받쳐 들고 집으로 간다

그들에겐 귀하디귀한 보물이지만
우리에겐 쓸데없는 그저 그런 것

줄지어 흘러가는 차량의 행렬
두둑한 통장 잔고 흐뭇한 미소

내 손엔 귀한 보물이지만
저 위에선 쓸데없는 그저 그런 것

갈 때는 자연히 비워질 것들이
머물 땐 한 조각도 버리기 힘드네

인생의 오묘한 이치 이제라도 깨달았으니
남은 세월 또다시 헤매지 않았으면

11일 11일

김영호

오늘은 '1'이 둘인 11일

옛말에 'ㅣ'는 군자라네

함께 솟아오르고 올라

모두 그이가 되어야지

· 아라비아 숫자 '1'을 한글 모음 'ㅣ'(이)로 유추하였습니다.
· 훈민정음에서 'ㅣ'(이)는 군자를 나타내는 글자로 하늘과 땅의 이치에 통달한 사람을 말합니다.
· 11은 1이 둘이니 함께 라는 뜻도 있습니다.
· 아라비아 숫자 '1'은 한글의 'ㅣ'(이)이며 영어의 'I'이기도 합니다. (공부는 내가 하는 것임)
· 그이는 그 사람의 높임말로 군자(여기서는 선인仙人)를 가리킵니다.

덕德

김수연

산은 산, 물은 물
물은 산을 넘지 못하네

낮아지고 낮아져서
큰 바다 다다라

산도 물도 모두
품 안에 안으리

· 덕德 : 한 존재가 다른 존재와 구별되는 독특한 '존재다움'이나 또는 그 존재다움의 발현 능력

회색빛 하늘

탁은지

하늘과

산과

강물 빛이 닮아 있다

회색빛 하늘

눈부시지 않아 좋다

경계가 없어 좋다

하늘은 하늘

산은 산

물은 물

하늘이 하늘이 아니어도 좋다

산이 산이 아니어도 괜찮다

물이 물이 아니어도 상관없다

그저 바라보아 편안하고

그저 바라보아 미소 지어지면 그만인걸~

탁 놓았다

임기호

길을 찾고도 길을 알지 못했다
호구지책에 연연하는 삶
수많은 집착

순간, 탁 놓았다

놓으니 이렇게 편한 것을
놓기까지 왜 그리도 힘들었는지
낭비한 시간이 너무 많다

강산이 한 번 변하고서야
자유로울 수 있었다

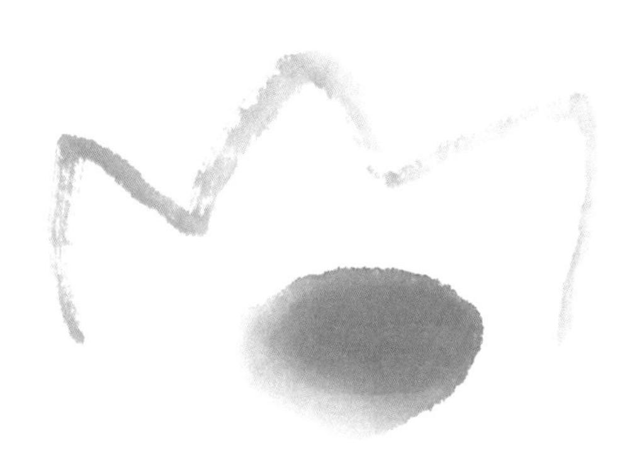

김영호

하늘이 있단 말이 빈말이 아닌 거시
나 알고 네 알고 모두가 알건마는
나는 아니 믿고 남 탓만 하더라

신해순

우우웅 우우웅 쏴아아 쏴아아
이이잉 이이잉 휘이익 휘이익
씨이잉 씨이잉 워이이 워이이

[행정안전부]오늘부터 모레까지
많은 눈과 한파 예상 노약자 외출자제,
상수도 동파 예방, 교통안전,
시설물 관리에 유의 바랍니다

사르르 날리는 눈의 향연
화려한 변주로 노래하는 바람의 음악

눈이 오니 눈을 맞으며
바람 세차니 바람 소리 음악 삼아

따뜻함을 만들어가는 몸짓
고요함 속에 우주로 가는 불빛

나의 따뜻한 집으로

박은진

이제
크리스마스 카드의 그 따뜻한 집
안으로 들어갔다
난로에 손을 쬐며 발을 쬐며
몸을 녹인다
꿈에 그리던 식탁에 앉아
밥을 먹는다
생전 먹어보지 못한 것들이 수두룩하다
알고 보니 여기가
원래 나의 집이란다
사랑이 가득하고
행복이 넘치는 집
이젠
성냥을 팔지 않아도 된다
아무도 사주지 않는 성냥을 팔며

언 손에 입김을 불지 않아도

언 발을 동동거리지 않아도 된다

언 몸을 회복할 시간이 좀 필요하지만

고진감래

이젠 행복할 시간이다

제야除夜

김영호

묵은 날을 보내고
새날을 맞이한다
돌아보면 후회만 일 뿐
책임은 무겁고 길은 머니
새 구슬에 새 실을 꿰어야 하리

조용규

떠나보자 이 세상 온천지가 길일진대
무어가 두려워서 한 걸음도 못 떼는가
가다가 길 아니면 돌아가면 되는 것을
두려움 떨치고 어깨 펴고 가자꾸나

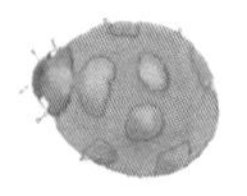

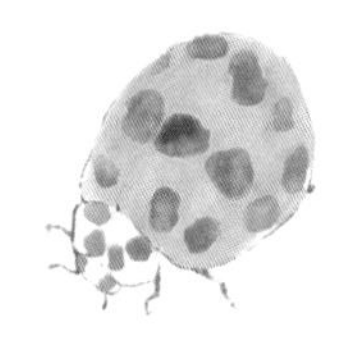

명상학교 수선재

비우면 비울수록 행복해지고
담을 부분이 많아지기 때문에
그릇이 커집니다.
명상학교 수선재 사람들은
비움을 통해 얻어지는
작은 행복으로
선仙스러운 삶을 살고자
노력하고 있습니다.

수선재 http://www.suseonjae.org